물빛 고운 시를 읊다

한유경 시집

시음사
시사랑음악사랑

시인의 말

가을이면
누구나 벤치에 앉아서
시집 한 권 들고
레미 드 구르몽의 시를
흥얼거렸던 기억이 있을 겁니다
*시몬 너는 좋으냐
낙엽 밟는 발자국 소리가*

갈래머리 시절
누군가로부터 선물 받은
시집 한 권은 벅찬 설레임으로 다가와 사소한 일상들이
싯귀가 되고 시어가 되어
한올 한올 수를 놓듯
가슴을 파고들어
때론 설 익은 모습으로
때론 농익은 모습으로
시 한편 한편이
태어나고 있었습니다

첫사랑 그 기분으로
첫 번째 시집을
세상에 내놓는다는 것은
부끄러운 사춘기 소녀의
볼빨간 모습입니다

입덧과 산고를 거치고
순산하는 산모처럼
이순을 넘긴 나이에
고이 고이 품었던 자식
조심스레 세상 밖으로
내놓습니다

시인 한유경

* 목차 *

제 1부

물빛 고운 시를 읊다

* 목차 *

제 2부

물빛 고운 시를 읊다

* 목차 *

제3부

물빛 고운 시를 읊다

＊ 목차 ＊

제 4부

물빛 고운 시를 읊다

고운 선율의 아리아를 듣고

그리운 날은 모래밭에

내 안의 환상의 섬 너야

손가락으로 한 줄 시를 쓴다

제 1부

제 1부

우리 딸 꽃신 신고
꽃처럼 곱게 피어나라
누에고치 팔아 사다 주셨지

꽃신

화개 장날
아버지가 사다 주신
꽃신 한 켤레

빨강 꽃 노랑 꽃
덧입고서
예쁜 코에 사랑 꿴
앙증스런 꽃신

우리 딸 꽃신 신고
꽃처럼 곱게 피어나라
누에고치 팔아 사다 주셨지

사금파리 주워 모아
흙으로 소반 지어
신랑 각시 하자던
까치발 너머의 동심

여심

야트막한 숲 속 오솔길
길게 누운 통나무다리 기슭
새벽이슬 함초롬히 머금은
나리꽃의 붉은 수줍음이고 싶고

조약돌의 은밀한 구애
은빛 파문 지으며
나뭇잎 배 살짝 띄워 보낸
파랭이꽃의 기다림이고 싶으며

뚝뚝 지는 꽃잎마다
물망초의 고혹한 절규
나를 잊지 말아요
이별 후도 그리움으로 남고 싶고

장미의 화려한 자태의 진향보다
풀꽃의 순수한 영혼으로
무던한 당신에게
사랑이란 이름의 꽃이고 싶다

포옹

꼬옥 안아 볼 일이다
색깔 향기도 다른 두 직선
하나의 곡선으로 포개지는
은밀한 리듬의 율동
얼마나 포근한 풍경인가

보라! 작은 꽃씨 한 톨도
지축을 흔들며
으스러지게 껴안은 대지의 품
포옹한다는 것은
사랑으로 발아해서
새롭게 시작한다는 것이다

아름다운 동경

내 안에 청정해역
환상의 섬 하나 들여놓고
가까이 혹은 아주 먼 듯
그곳엔 항시 네가 있다

살다 혼자라고 느껴지는
외롭고 슬픈 날 바라보면
산홋빛 화사한 미소로
우울한 그림자를 걷어 주는 너

고운 선율의 아리아를 듣고
그리운 날은 모래밭에
내 안의 환상의 섬 너야
손가락으로 한 줄 시를 쓴다

언제까지나 아름다운 동경
푸른 그리움이 출렁이고
쓸쓸히 우뚝 솟은 섬
진주조개를 캐는 여자가 보인다

싸리꽃

햇것의 봄을 꺾어
소주병에 꽂던
유년의 동심이 그립다

비에 꽃잎 젖듯
감성의 마디마디
순백의 싸리꽃 피고 지고

무상한 듯 들여다본
흑백사진 속 소녀에게서
싸리꽃 향기가 난다

빗속을 걸으며

사로잡힌 영혼
작은 날개 퍼득이며
푸른 하늘 날고 싶어도
날지 못하는 새

비는 쏟아지고
바닥까지 가라앉은
질척이는 습한 기운
시원하게 씻기운다

비야 비야 사랑비야
다 가져가려무나
지난 시간 죽도록 아팠던
소멸되지 않는 슬픔까지

봄을 그리다

얼음장 깨며 기다리다 뿌린
당신이 받아주신 꽃씨 한 줌

올망졸망 까치발로 서서
키 재기를 하는 꼬맹이들

살포시 떠서 수놓는 듯
초록 꿈 실어 심었더니

힘껏 밀어 올린 긴 꽃대궁
울안 가득 환하게 터트리네

전원 교향곡

동화 속에서 본 듯한
고풍스런 집 아니어도
시골 외갓집처럼
정겹고 포근히 안긴 집
남루한 세간이어도
당신과 함께여서 마냥 좋네

굳이 음악을 틀지 않아도
실개울이 지어 보낸 악보에
풀벌레들 일어서서
일제히 팬플루트를 불고
꼬꼬닭 산란하는 소리
제5악장의 전원 교향곡 흐르니

소박한 꿈 틔우는

텃밭에 씨앗 뿌려 가꾸고

비가 오면 꽃모종을 하면서

가끔 시를 읊조리며

멋이라곤 모르고 살아도

들꽃 닮은 당신 아내로 행복하네

사랑초

하냥 좋은 둘 사이 갈등 있어
고통으로 하얗게 지새우며
하루를 열기조차 두려운 날

제 한 몸 별빛에 살라 녹고
촛불로 환하게 밝히느라
시름시름 야위어간 사랑초

앙큼한 햇빛 빠끔히 쳐다보고
날 닮은 모습 측은해
가슴으로 푸근히 안아주었지

매일 눈 맞추고 정주니
연보랏빛 꽃등을 내건 사랑초
어느새 다시 피어난 우리 사랑

봄밤

처음엔 그저
꽃향기에 취한 봄밤
누군가 나지막이 부르는
꽃의 이름이고 싶었어

언제부턴가
두 눈 꼭 감아도
문득문득 떠오르는
아린 별 하나

하냥 그리웁고
보고파서
핏빛 선연한 고운 색조
시린 사랑으로 피는데

화려한 적막
꽃그늘에 숨어든
새초롬한 바람
여린 꽃 가지 흔들라

저녁 강가에서

맨 처음 고백
수줍고 떨리지만
누구보다
그대를 사랑합니다

언제부터일까
도저히
절제되지 않는 그리움
푸른 강이 넘쳐흐르고

깊이를 가늠할 수 없는
사랑 수위는
하루가 다르게
높아만 가는데

노을 거둔 까만 하늘
초저녁 별 하나
무언의 눈빛으로
부드럽게 속삭입니다

사랑은 새벽이슬

눈물로 정화된

조건 없는

순수함이라고 말하는 듯

아름다운 간격

파초의 푸른 그늘
유난히 싱그럽고
비에 젖은 듯 초록
차르르 흐르는 아침

바람의 날실 따라
촘촘히 씨실로 수놓는
손거울처럼 들여다본
손톱 달 문양 꽃밭

꽃백일홍 여린 모종
한 올 한 올 솎으며
가까이 서 있을수록
장미 가시가 아픈 그녀

더러 미워한 맘도 지우고
쌓인 오해도 지우며
채 전하지 못한 사랑
바람에 꽃향기로 띄운다

좋아한 사이일수록

일정한 간격이 필요한 우리

멀지도 가깝지도 않는

그리워할 수 있는 만큼

흔적

강변 모래밭에 숱한 발자욱들
바람이 지우고 물결이 지웁니다

별빛 눈망울에 담은 모습
쏟아지는 눈물로 눈물로 지우고

책갈피에 꽂아둔 마른 꽃잎 같은 추억
하얀 종이배에 실어 띄워 보낸 채

사랑했기에 더 아팠노라 더 미웠노라
다독다독 봄빛 속에 묻습니다

거미줄의 미학

숱한 인연들이 왔다가 가고
또 찾아온 그의 집

꼬박 밤 지새워 실을 뽑아
정교한 집을 짓는다

한순간의 만남을 위해
매일 아침 이슬을 달면서

눈멀고 귀 먼 사랑에 대한
덫만은 결코 아니란다

대대손손 장인의 맥
잇기 위함이기도 하단다

백작약

어머니 어머니 돌아가시고
폐가가 되다 싶이 한 산골집
덩실한 함박꽃 수를 놓습니다

하얀 무명치마 저고리 수건 쓰고
오뉴월 잉걸불 아래서 김매던
모습 같아 눈시울 촉촉이 젖습니다

동그랗게 말아 올린 꽃대궁마다
땀방울이요 기도인 것을
그리움 하늘길 내며 달려갑니다

비가 사선으로 내리는 이유

찔레 가시덤불 속 또아리 튼
꽃뱀 한 마리 새득한 봄으로 지나간다

하마터면 댕강댕강 잘릴 뻔한 생이건만
첫눈에 반한 사랑도 했을 터

아무리 하찮은 미물일지라도
피할 순간의 틈 주고 풀을 베고 볼 일이다

꽃밭에 비가 사선으로 내리고
파도 타듯 누웠다 일어섰다 부드럽게 애무 중

활짝 웃는 꽃들 하나같이 무탈하다

꽃잎 한 장

마음에 두고 바라본 꽃잎 한 장
봄비에 툭 하고
가슴 한복판 내려앉는 순간

한여름 눈빛 번개의 부딪힘이랄까
잔잔한 가슴 큰 파문이 일며
뜨거운 격정에 흔들리고 말았어

징하디 징한 꽃빛으로 번지는 봄
환장하도록 고운
화폭의 봄에 무너지고 만게야

내 안의 봄 너였나봐

몽돌

남해 바닷가에서 파도가 빚은
아기새의 알집 같은 몽돌

차르르 차르르 도돌이표 선율로
구슬 쏟아지는 소리를 내며

모난 면도 깎아내고 다듬으면
다이아몬드 보석처럼 빛날지니

살다가 각 세울 일 있거들랑
부드러운 곡선으로 흐르라 하네

반려견 행복이

잿빛 고독에 갇힌 채
무채색 겨울로만 살던 무렵
연두의 봄으로 온 아가야

이렇게 예쁜 몸짓도 있을까
이다지도
빠져드는 선한 눈망울 있다니

방과 방 사이 미닫이문을
떼어내고 턱도 없애며
경계란 경계는 다 허문 채

아랫목에 앉아 손뼉 치며 부르면
마음 향하는 쪽
달려와서 안기고는 웃게 했지

하루 일 마치고 감사의 기도 시간
두 사람 손 포갠 위
꼬막손 덥석 포갠 행복아

슬개골 탈골 수술로 아프고 힘든
너에게 환한 봄 되어
너바라기로 지켜줄께

너로 엄마 아빠 섞일 일 많고
하나된 행복한 날 많다

수분수

마삭 넝쿨 헝클어진
후미진 밭 가상
돌감나무 한 그루
우리 아버지 서 있네

바람 잘 날 없는
여섯 손가락 자식들
여우살이 하기까지
꼭두새벽부터 일하시고

노란 감꽃 필 때부터
뙤약볕에 꿀벌 치느라
잔뜩 휘어진 채
또 한 해가 저물어도

홍시 몇 알 남겨두신다
동짓달 해산 달 먹고
거친 눈보라 속에도
꺼지지 않는 홍등 환하다

진주

밤새 마른 풀 꼬던 바람
풀잎마다 총총 이슬을 꿰고

두 눈 가득 별을 쏟아낸 눈물
이내 그리움 바다를 이루네

매일 그물 깁는 조개잡이의 꿈
누군가의 하얀 목선을 타고 피어나고

고귀한 원석 중 내 마음의 진주
곱게 빚어 익은 사랑 당신

사랑의 미학

우리 인연 아름다운 이유는
만나면 조금 부족한 듯 아쉬운 순간
긴 여운의 노을로 접기 때문입니다

마치 적당할 때 비우는 가을처럼
다음 만남을 위한 배려이기에
오늘 보내고 내일 기다리는 당신

억겁의 세월 지나 인연의 윤회
수없이 되풀이되어도
또 그리워하고 사랑하기 위함입니다

그저 무언의 침묵으로도

느낄 수 있는 내 마음의 위안

아득한 수평선 너머의 동경

별이고 꽃인 사랑하는 그대 있어

제 2부

제 2부

그대이기에 담을 수 있는
내 안의 깊은 샘
별 하나 오롯이 뜨고 있습니다

사랑 서곡

짙은 외로움 곱씹으며
침묵하던 많은 시간들
빗소리에 와르르 무너집니다

천천히 쉼 없이 번진 맘
눈시울 적시도록
은은한 그리움 자아냅니다

매일 피아노 건반을 치듯
또박또박 눌러쓴 편지
바람결에 띄우곤 미소 짓습니다

그대이기에 담을 수 있는
내 안의 깊은 샘
별 하나 오롯이 뜨고 있습니다

섬진강의 봄

하동 포구 역류해 온 바람
매향에 취해
뚝방길에 앉아 풍류를 읊고

꽃강에 만삭의 몸을 푼
쪽배 지은 초승달
나루터의 사공을 부른다

화선지에 물감 번지듯
몽신 벙그는 꽃들
생살점 뜯어 낙관을 찍는다
봄

크레파스 사랑

(1)
유년의 크레파스 선물인 양
들뜬 설레임으로 만나
소꿉놀이하듯 살아온 사람아
먼 훗날도 지금처럼
곱디 고운 그림으로 살아가자

(2)
나이 들수록 더 소중한 우리
잠시라도 눈에서 안 보이면
보물찾기로 찾아 나선 사랑아
한 폭 그림 속 두 사람
크레파스 무지개가 걸려있다

봄 마중

곱다란 색실 자아
새 옷 지어 입고
바람 손 잡으며 잰걸음 할
봄 봄이 되고 싶어

한 겹 두 겹 해묵은
허물을 벗으며
오래 똬리 튼 그리움마저
질펀하게 풀어내리

이슬 한 방울
내려앉지 않는 시멘트 벽
천 길 물길을 내는
푸른 담쟁이처럼

바람 흔들어 깨우는 대지
꽃씨를 뿌리리라
감성 시인의 창
시가 되고 사랑이 되는

평행선

파란 하늘 위 밑줄을 긋고
처음과 끝 그대라고 씁니다

또 하나의 선 나란히 그으면
끝없이 이어지는 하얀 그리움

먼 행성의 이름처럼 아득하고
강 건너 마을 등불처럼 가까운데

사유가 고운 노을에 곱게 물들며
결 고운 한 방향으로 흐르는 두 사람

사랑 항해

그대는 늘 바라본 파란 하늘
난 그대 쏙 닮은 바다 되어

하얀 물싸리꽃 탐스럽게 핀
포근한 가슴에 그대 품고서

조가비 노래 실은 순풍에 돛 달고
끝없는 사랑의 항해를 하고 싶어

그대 바다

여린 봄풀에 꺾인 바람 소리
잔잔하고 포근한 밤

살며시 그리움으로 포개면
부드러운 숨결로 보듬는

물빛 고운 그대 푸른 바다
작은 외씨 버선발로 달려가리

그저 무언의 침묵으로도
느낄 수 있는 내 마음의 위안

아득한 수평선 너머의 동경
별이고 꽃인 사랑하는 그대 있어

소풍

소풍을 가자
밤꽃 향기 물씬한 야트막한 산
주근깨 다닥한 귀여운 얼굴
산나리꽃 피어있는 오솔길 따라

하늘 가린 푸른 숲
개울에 잠긴 시원한 그늘 아래
서로의 등을 기대고 앉아
엷은 졸음 꿈결처럼 쉬어보자

먼 동심 아름다운 기억
설레임으로 까만 밤을 지새운
고운 서정 추억을 간직한 사람과
단 바람 부는 초록의 유월

역류

한 방울 두 방울 풀잎 이슬
하나로 으깨져서
머나먼 바다로 잇는 길을 닦는다

눈부시도록 푸른 강 윤슬 띄우고
감미로운 밀어 속삭이듯
항상 그 자리 유유히 흐르는데

아주 멀리 떠날 수밖에 없는 난
잔잔한 물빛 연민이 흐르고
다시금 네게로 흐를 수 있을까

여전히 아카시아 숲 풀꽃 향기
햇살의 맑음으로 빚은 강빛
별들은 내려와 물밑 산란을 하고

태평양을 거슬러 올라온 은어 떼
힘찬 질주가 급물살을 탄다

초경

자귀꽃 붉은 색실로
합죽선 화알짝 펼치고

석류꽃 저녁노을에
수묵 담채로 번진 유월

오르락 내리락 나비 한 쌍
바람의 음계를 타고 나는데

초봄 묻은 경전 한 구절
여우비에 화들짝 꽃문 열고

하얀 옥양목 속곳
선연히 배인 꽃백일홍 피다

가시버시

진종일 산 비탈진 밭
휘도록 일구다
산 그림자 어둑어둑 드리울 제
너절한 짐 꾸려 오기가 바쁘게

아궁이에 잉그락 장작을 피워
죽순 가마솥에 앉혀놓고
울안 덩굴손 하나하나
눈길 주느라 오른 시장기
고봉밥 뚝딱 비우고 잠든 당신

촉초곤히 젖은
달디단 초저녁 잠 깰까
살며시 호롱불 끄고 나오는데
문지방을 넘어 들어온 둥근 달
은은한 달빛으로 고운 꿈길 펴주네

오월 애 (愛)

사랑하는 그대 있어
내 마음의 계절은
에메랄드빛 눈부신 오월

아직도 그댄 풀빛 탄력
푸른 목장을 지나
아카시아 울창한 숲
뒤흔들던 바람 일고

처음 우리 둘 이어주던
하얀 종탑 예배당 뜰에서
네잎클로버 찾아 주던 모습
어제인 듯 생각나

지난 추억 고스란히 간직한
사진첩 한 장 한 장 넘기는데
장미 한 떨기 피어나요

짧은 만남 긴 여운

비 갠 오후
도랑 급물살에 휩쓸려간
꽃신을 좇아가며
울먹이는 안타까움 일까

아카시아 방죽 길을 걷다
수줍게 내민 새끼손가락
팔목에 꽃시계를 채워준
부서지는 서운함일까

하고많은 날 중에
까마득한 기약 남겨둔 채
눈 깜짝할 새 KTX로 사라진
모습 잔상으로 맺히고

산허리 굽이진 강기슭
휘돌아가는 철길의 레일처럼
짧은 만남 긴 여운
각인된 그리움으로

붉은 꽃잎의 서 (書)

꽃밭에 시집 한 권 놓여 있습니다

매일 지문이 닳도록 펼쳐보는 문장들

새벽부터 새들이 짝지어 읽고 간 뒤

나비와 벌은 점자 더듬이로 또 읽고

비와 바람이 음표를 달면서 필독한

그림 속 숨은 시어를 필사하노라면

그리운 사람이 시가 되어 오기도 하고

보고픈 얼굴들이 겹쳐 피어나는 꽃밭에서

도도하게 하늘마저도 화인 시킨 저 붉음

꽃들도 몹시 그리운 날에는 시를 씁니다

살구꽃 피는 마을

저녁 어스름 살구꽃 피는 마을 지날 때면
가는 길 멈추고 되돌아서 한달음에 달려간다
삼백예순날 사랑 발전기 가동시키며
30촉 짜리 백열등 방방이 밝힌 채
하냥 기다릴 보고 싶은 우리 어머니
집으로 오는 밤길이 대낮처럼 환해요

황혼

마른침 삼키며
힘없이 연명해 온
생의 미련

쉽사리 놓을 수도
꼭 붙잡지도 못한
안타까운 연민

부르다 그리다
홀연히 지고 마는
절명의 그리움

꽃받침

꽃을 떠나보낸 꽃받침
딸을 시집보내는 어머니 마음이어라

눈에 넣어도 아프지 않을 풋것
행여 누군가의 떫은 존재는 아닐는지

타는 노을에 담금질한 심장에 심지 돋우고
간절한 염원 호롱불을 켠 채

잡초로 무성한 음습한 곳까지
환한 열매의 축복 가을을 걸어두셨지요

이따금 살을 에는 찬바람 파고들 때면
농축된 사랑의 감분으로 피어난 어머니

필름처럼 돌아가는 굽잇길 따라
지푸라기에 감꽃 꿰어 걸던 동심을 유영해요

내 마음의 코스모스

흰구름
깨금발로 건넌
맑은 시내 돌다리
하나를 사이에 두고

너랑 나랑 오가며
뛰놀던 갱변 풀숲
코스모스 살짝 꺾어
뒤춤에 감추고 달려와선

물방울무늬 원피스에
꽃도장 찍은 볕아
활짝 핀 그리움
꽃강 되어 네게로 흐른다

고독한 여심

갓 달구운 저녁 노을
격정의 순간
뜨겁게 강을 포옹하고

화들짝
놀란 물여울
물빛 은율을 띄운다

바람의 열 손가락
하프 뜯는 소리에
물새들의 사랑 밀어 깊고

날이 갈수록
채운 달 되는 그리움
별밭 구르며 노랗게 익는 밤

고독한 여심
유유히 밤배 저어 시를 낚는다
새벽 물길을 낸다

여우의 춤

소들바람 그어놓은
오선지 위 낙엽 하나 둘
음표 되어 내리고
귀뚤귀뚤 귀뚜라미
풍금치는 밤
담장 위에 걸린 익은 달
은은한 달빛 조명 드리운다

적막한 뜰의 무대
아홉 개 꼬리
열두 폭 치맛자락 쓸고서
이따금 버겁고 지친 삶
인연으로 빚어지는
갈등과 상처를 삭인
은빛 여우 한 마리

날 듯 쓰러질 듯
격정의 몸짓이던가
이루다 쏟아내지 못하는
내면의 표출이던가
사랑밖에 모르는 여심
인생 무대 주연으로
관객 없는 달밤에 춤을 춘다

밤의 찬가

하얀 창호지에
드리운 검은 실루엣
다가가 바라보면
보일 듯 보이지 않는
은밀한 비밀 속 신비로운 밤

어디선가
적요의 숲 흔들 듯
들려오는 밤뻐꾸기 소리
누군가 부르는 그리움일까
아린 가슴 밤의 고약을 붙이고

천사의 나팔꽃
달빛 소나타 운율로
터트리는 아담한 뜰을 지나
분간할 수 없는 거리
희미한 불빛에 가늠하노라면

어둠은 절망을 삼키고

꿈을 잉태한 푸른 강

모든 경계를 지우고

하나로 흐르고

무명 시인 밤의 찬가를 부르네

무명 시인

거리의 악사
바람이 바람을 불고
무명의 시인
낙엽이 낮은 음표로 내린
노란 은행나무 길을 걷습니다

손엔 몽당연필 한 자루
품엔 곱게 접어 넣은
하얀 종이 위 흘림체 두 줄
썼다가 지우고 지웠다 또 쓰고
처음으로 돌아가 다시 읊으며

머지않아 한 권의 시집 되어
연지 곤지 찍은 새색시로
시가 시집갈 날 위해
시린 눈 적시며 들여다보고
무음의 절창 하노라면

허전한 가슴 가을숲 되어

곱게 물들어 가고

바람의 율동을 따라

단풍잎 쌓인 빨간 우체통으로 가요

더운 시집 한 권 들고서

꽃과 바람

바람 가는 길 어디든
조용히 따라나서
꽃 피우는 들꽃마냥

꽃과 바람의 인연으로
너 있는 곳 나 있고
나 있는 곳 너 있었다

더러는 한 폭 그림으로
한 곡 노래 가사로
낡은 필름 속 돌아가지만

북태평양 거슬러 올라온
연어의 희귀로 만날지라도
다신 흐를 수 없는 마음

붉은 포도주를 따랐더니
부드러운 술잔이 되네

내 가슴에 그대 품는데
온통 하얀 그리움이네요

제 3부

제3부

매일 한 뼘씩 웃자락 그리움
빨갛게 부푼 사랑꽃 피었네

꽃모종

지난봄 오솔길 걸으며
당신이 좋아한다는 꽃

꽃삽으로 살포시 떠서
마음 밭에 심어놓고

보고 싶은 때마다
두 눈 속에 넣었더니

매일 한 뼘씩 옷자락 그리움
빨갛게 부푼 사랑꽃 피었네

그리움 흐르는 강

버들강아지 실눈 뜬
개울에서 봄풀 씻노니

윤슬의 섬진강 물결까지
물들일 듯 풀물 번진다

언제부턴가 내 가슴 속
복숭아 꽃잎 흐르는 봄강

갈바람에 사운대는 갈대
춤사위로 저녁놀 붉게 타오른
가을 강으로 흐른 사람아

무량의 그리움 띄워 보내면
그대 하얀 가슴 적시려나
생각하면 늘 라일락 향기가 난다

자목련

부드러운 질감의 바람
부추기며
꽃타래 풀어내는 사월

갓 부화한 아기 홍학들
처음 접한 바깥세상
저마다 좋아라 신이 났어요

핏기 서린 부리마다
연초록 봄을 물고
처녀비행을 서둘러요

소 잔등에 걸린 노을
강을 건너고 산 넘는 해거름
화려한 군무를 펼치는데

하늘길마저도 내어준
잔잔한 하늘 호수
하얗게 부푼 구름 물보라 일어요

봄비

G 선상의 아리아
비의 소리
음악처럼 비가 내린다

빨간 꽃엔 빨강비
노란 꽃엔 노랑비
꽃그림 물감들지요

연초록 풀잎들도
맑은 빗방울 종 흔들며
봄의 서곡을 부르고

누가 먼저랄까
살며 사랑할 약속의 땅
초록 깃발 꽂네요

할미꽃

그래, 산다는 건 한 곡조의 노래 가사
부드러운 선율로 흐르는 거야

후미진 돌 틈새든 무연고 산소거나
금이 간 물동이 안
올망졸망한 콩나물 문양

가장 낮은 음자리표로
작은 풀벌레의 슬픔까지도 건져 올리며

다시금 불러보는 그대 이름
사랑은 진득한 그리움이 숙성한 거였어

어느 날, 높은 음자리표로 날으는 새들
하늘 담은 맑은 노래
헝클어진 하얀 머리카락 사이로 흐르고

환장하게 좋은 봄이 흐르듯 익어가는 거래

으름꽃 안테나

12인치 흑백 테레비 앞에 앉은
여남은 명 함지만 한 웃음
꽃송이 터트린 유년이 그립다

어머니 그 어머니의 손맛이 밴
뒤란 장독대 항아리들
곰삭은 진한 그리움을 우려내건만

발길이 끊긴지 오래인 빈집
굳게 닫힌 대문은 녹슬고
무성한 잡초들만 영역을 넓히는데

바람 부는 날이면 심히 흔들렸던 자막
주파수를 맞추기라도 하듯
전설 되어 흐른 풍경 허기를 달래듯

덩그마니 우뚝 선 안테나에 기어올라
넝쿨손 더듬이의 촉수를 세워
허공의 바람 기지국 수신을 잇는다

1촉짜리 환한 꽃전구로 점등된 봄

흑백필름 속 유머스런 꽃수염 붙인

소년 소녀가 푸른 문장으로 걸어 나온다

하얀 그리움

꽃 한 송이 꽂았더니
예쁜 화병이 되고

붉은 포도주를 따랐더니
부드러운 술잔이 되네

내 가슴에 그대 품는데
온통 하얀 그리움이네요

꽃밭에서

꽃인 그대가 생각날 땐
꽃밭에 든다

노란 꽃술 살풋 드러내며
활짝 웃는 그대
따라 웃다가
지는 꽃인 것도 잊었네

가을 마당

꽃신 한 짝만한 작은 꽃밭
여기에도 비움의 미학이 있네
깨금발로 서 있어도 비좁은 공간
겹치고 얽힌 난해한 문장의 시 있네

하얀 고무 지우개로 지우려니
풀물로 얼룩질까 망설이고
까만 볼펜으로 덧칠해 지우려니
가슴에 심은 봄마저 지워질까 두려워

차라리 꽃을 심은 부드러운 손길로
솎아내고 시원하게 다듬는데
여백 처리가 잘 된 한 폭 그림 속
파란 하늘에 방목한 양떼를 몰고
바람이 꽈리를 부네

겨울 해바라기

햇살 스민 창가에 옹기종기 앉아
화초 가족들
해 바라기로 추위를 녹이고 있다

곤지발로 키 높이를 올려도
누군가의 바탕 꽃일 수밖에 없는 씀바귀
무서리 내린 전날 밤 따라 들어와

마른 가지 삽목 들어
묵언수행 중인 동안거
노랗게 도드라진 봄을 터트려 깨운다

어느 해 몹시 추운 겨울
유난히 뼈마디 저미신다며
해 바라기 하시다 홀연히 시든 어머니

벽에 걸린 해바라기 사진 한 장에
빙점의 가슴 녹이며
따뜻한 봄맞이 준비를 해요

데이지꽃

아내가 봄나물을 깨서 꽃을 사서 심는다

허리도 안 좋은데 쪼그리고 앉아

죄다 꽃을 사서 심냐며 핀잔을 주려니

2도 이상 전조된 웃음소리 생기가 넘친다

내일 아침 흩뿌리듯 부드럽게 물을 줘야지

새꼬롬한 봄바람에 하얀 데이지꽃

물보라를 일으키며 흐르며 흐르며 핀다

플라스틱 화분

누군가 내다 버린 낡은 플라스틱

화분에 심어놓은 모종 하나

치우면 갖다 놓고 치우면 도로 놓고

꽃밭 한가운데 옥에 티로 거슬린 녀석

그냥 뽑아버릴까 아니야

누구에겐 하잘것없이 보여도

누구에겐 가까스로 틔운 꿈이고

마지막 잎새와도 같은 간절한 기도이기도 해

손가락을 폈다가도 이내 접은 어느 저녁

커다란 꽃망울을 터트린 부용화

밤마다 별들이 내려와 밀어를 속삭인다

질투

향기로우나니
가던 길 뒤돌아서 또 바라보고

감미로우나니
하루 종일 모둠발로 기다리는데

영역 없는 없는 사랑
사유한 듯 시기하지 말아요

믿음으로 심은 꽃씨
머잖아 꽃 한 송이 피어 날 테니까

산중의 능소화

겹겹이 포개 여민 산
앞 섶을 풀어헤치듯 바람 드는 길목

우뚝 선 채 올곧은 그리움이 된
가죽나무를 능가하려
한 땀 한 땀 오르는 여인아

지어 앓던 고운 병도
더러 감당하기 힘겨워
슬픈 비애로 뚝뚝 떨어져 눕지만

지리한 우기를 꽃등 걸어 밝히고
무늬 예쁜 가죽나무 반닫이
문 짝 꽃문양으로도 피어다오

꽃

애시당초
천성이 뜨거운 맘
초록 옷 포개 여미어도
감출 수 없는 사랑이나니

진종일
따가운 햇살에 그을린
몽매한 기다림
두 뺨 야위어가도

여린 꽃망울마다
숱하게 번진 그리움
바람이 훑고 가도
금세 피어난 눈에 박힌 모습

죽을 듯 보고 싶어
귀촉도 우는 봄밤
그대 바라기 꽃 되어
살며시 사립 문을 나서네

사랑비

하얀 물푸레나무 꽃그늘 진 저녁

쏟아지는 그리움 비가 되어 내리고

메마른 감성 흠뻑 적시는 사람아

고이 간직한 꽃씨 한 톨 쌍떡잎 틔운다

탁류

땅 짚고 제 몸 하나
가누기조차
힘겨운 무명초

마른 가슴에도
비 쏟아붓고
잠 못 이루는 밤

진저리 치는
사연 하나
거침없이 띄워 보낸다

하마하마
웃고 싶음인가
날개의 퍼득임인가

강물까지도 개운하단다

은하의 별꽃

누구 하나 기억하지 못한
들꽃 한 송이
꽃이라 이름 불러준
결 고운 바람 잊지 못하고

잊을만하면 살며시 다가와
은은한 향기
고운 맘 수놓아 준
따뜻한 가슴 잊지 못하네

항상 그대 있는 심장엔
또렷한 그리움이 피어나고
사랑한 날의 아름다운 기억
은하의 별꽃으로 피어나리

사랑이야기

그대 얼굴 그리려다
밀려드는 잔잔한 물여울에
여울져 그만 못 그리고

살며시 꺼내본 내 안의 나만
덩그마니
사랑의 하트 하나 그려놓고

한 번쯤 내 심장의 과녁 향해
큐피트의 화살 당길 만도 한데
그대 여전히 침묵하는가

헤아릴 수 없는 그리움의 밀알
신발 속에도 잔뜩 묻어
은빛 모래 담아오는데

꽃씨의 꿈

하냥 그리움 그대 그대라서
길 가던 바람 붙잡고 부탁했어요

선뜻 내어준 바람의 등에 업혀
동경의 마음 머무는 곳 가는데요

초행길이어서 더 설레이고
어디선가 본 듯한 풍경에 푸근히 안겨요

꼭 만나야 할 운명의 사람은 만나요
그대 눈길 닿는 곳 노란 별꽃 필래요

장미 한 송이

그 해 오월 장미 한 송이 받고픈 내게
정원이 예쁜 집 담장 넘어온
장미 한 송이 살짝 꺾어주던 사람

이내 꽃은 시들고 사랑도 시들고
서로를 아프게 하던 가시 돋힌
언어는 세월에 잊히고 무뎌졌는데

우린 둘 다 똑같은 바보였어
가슴속 깊이 장미를 심어주지 못한
스무 살의 봄날마냥 장미 한 송이 피고 진다

무명초에게

슬퍼마라
누구 한 사람 불러 준 이 없고
딱히 정붙일 가슴 하나 없어
고독 엄습한 밤이면 풀꽃 이슬에 흠뻑 취하고
훌쩍 떠나고 싶은 날엔 흰 구름에 몸을 실으며
이름 없는 꽃으로 피고 질지라도
저 하늘 높은 곳에서도 빛으로 굽어보는
너의 순수 눈부시도록 아름답다

노을

해 질 녘
서녁 하늘 향해 떠나는
철새 떼 담노라면
이별은 슬프도록 아름답네

찰나의 순간 제 살 깎아
땅끝 풀꽃에서 하늘 구름 바다
물들이며 기우는 관조
눈부시도록 황홀하구나

이따금 상처받는 게 두려워
빗장 걸고 살지만
당신 한 가슴 곱게 물들인다면
저물어도 섧다 하지 않으리

첫눈 같은 사람

만나면 사르르 녹아들 듯
순수하고 결이 고와서
만나면 헤어짐이 아쉽고
헤어지면 첫눈을 기다리듯
하냥 기다려지는 사람이 있습니다

생각하면 꿈결이라도
아기 천사 날갯짓으로 내려와
그리움 짙게 드리운 창
하얀 동화나라 그려놓고
해종일 들뜨게 한 사랑 당신

지금도 보고픈 마음 눈 내리고
끝없이 펼쳐진 순백의 설원
사각사각 발자욱 새기노라면
사과꽃 송이송이 피어난 꽃길
처음처럼 설레인 그대에게 가네요

부르면 저만치서 달려올 것 같고
손 내밀면 닿을 것만 같은데
잡힐 듯 잡히지 않는 안타까운 모습

이별은 한순간이었어도
추억은 물빛 고운 시어로 피어나고
헤진 편지마다 봉숭아 꽃물 묻어난다

제 4부

제 4부

순결한 신부의 우아한 자태
하얀 목련의 꿈으로 피어나리

여자의 봄

잦은 비 머금어 촉촉한
봄꽃 같은 여자이고 싶다

눈물로 승화된 슬픔
빗물로 함초롬히 젖을지라도

뜨거운 심장을 관통한
물빛 그리움의 고운 입자들

순결한 신부의 우아한 자태
하얀 목련의 꿈으로 피어나리

레드 카펫

첫돌 배기 우리 주환이
걸음마로 중앙에 입문

아우디 차 타고 무대 위
주인공으로 입장한다고 하는

사회자의 게걸스런 입담
전혀 아랑곳하지 않고

군자의 탄탄 대로행
첫발을 내딛고 아장아장 걷는다

사랑초

언제부턴가
칠흑 어둠 헤집고
돋아난 새잎 몇 장
하냥 바라보고
입 맞추고 속삭였더니
나지막이 부를 때마다
도드라지게 피어나는 꽃

보랏빛 잎사귀마다
붉은 심장 드러내며
오직 그리움으로 피었다
사랑으로 시들지라도
연보랏빛 꽃등 내걸고
가이없는 사랑
꽃길을 여는 사랑초

꽃물

이사 오던 첫해 봄
그이가 얻어온 모종 서너 개

내리 삼 년 심고 가꿨더니
눈길 닿는 곳마다 퍼지는 꽃

맨 처음 붉은 칸나에 매료된
그녀의 꽃밭에도 심는데

무더기 꽃 움푹 떠서
살가운 정까지 포개준 그녀

뜬금없이 비 쏟아지는 저녁
꽃물 질펀하게 물듭니다

농부의 바다

느린 황소걸음으로 하루를 걸어온 해
노송에 걸려 생솔가지 태우는 저녁

하얀 삐기꽃 흐드러진 논둑길 에둘러
소금쟁이 개구리가 헤엄친 논으로 가자

여백이 있어 더 평화스런 아기새들
처녀비행을 담고
밀밭에서 불어온 바람의 묵시록을 읽으며

해마다 동결되다 싶이 한 수매 매상가로
유학 보낸 자식 학비 대느라 허리가 휘고

쏟은 땀방울로 염전되도록 일군 터전의 땅
등푸른 새끼 고래를 키운 아버지를 만난다

농부의 발걸음 소리 듣고 자라는 모들
힘껏 닻을 올리고 만선의 출항을 서두른다

미니스커트

당당하고 자신 있게
도심의 중앙로를 뚫고 걷다
쇼윈도 속 유혹에
바로 내 거야 필이 꽂히고

마네킹의 매혹적인 표정에
은근슬쩍 입은 모습 떠올리며
마음이 먼저
한 뼘 허리에 끼워질 제

하얀 속살 여민 꽃잎
한 마리 나비가 나풀나풀 날고
빼어난 각선미의 일러스트
또 태어나도 여자이고 싶고

진종일 재봉틀 페달을 밟으며
꿈을 깁는
옷을 짓는 여자의 삶의 연주
경쾌한 율동 리듬을 타며 걷는다

이별 아닌 이별

너를 생각하면 풍금이 놓인 교실
창틀에 앉아 바라본 햇살의 수줍음
건반 위를 구르는 웃음소리가 들린다

부르면 저만치서 달려올 것 같고
손 내밀면 닿을 것만 같은데
잡힐 듯 잡히지 않는 안타까운 모습

이별은 한순간이었어도
추억은 물빛 고운 시어로 피어나고
헤진 편지마다 봉숭아 꽃물 묻어난다

첫눈 오는 날엔 보고 싶어 푸른 교실 간다

여고시절

문학소녀라며
하얀 지면 빼곡히 적어
우표 거꾸로 붙여 보낸

짓궂은 장난끼여도
빨긴 리본 장식 그리움으로
곱게 싸서 간직한

만남도 헤어짐도 순수한
늘 그 자리 네가 있어

금초

귀밑머리
한 달이 멀다 하고
깎아주시던 어머니

씨앗 종손 보고서야
까치집 진
머리를 깎아드리며

가득 따른 술잔 위
구성지게 꺾어 부른
창가 가사 띄웁니다

아직도 이승의 연 사무쳐
산 까끔길 목화밭
와불로 계신 어머니

환하게 드러난 얼굴
하늘 색경 뱅그르 돌려보며
꽃씨처럼 터지는 웃음 좀 봐

나사를 풀다

가쁜 숨 몰아쉬며 달린 하루 기울고
마지막 반죽까지 비운 몸체를
분리해 씻으며 삶의 고단함도 풀면서

매일 심장의 박동 뱃고동 울리며
만선의 꿈을 항해하느라
앞만 보고 질주하며 열심히 살아온 남자

수없이 풀고 조이고 푼 기억 잊은 걸까
한 줌도 아니 된 몸 나사도 풀 수 없어
표본실 개구리처럼 해부된 채 비운

그래 가을걷이 끝낸 황량한 들녘도
긴장을 풀고 휴경기를 갖는 거야
찬란한 봄 들어와 산란하는지 꿈틀거린다

그리움의 소묘

가까이서
바라볼 수는 없지만
난 그댈 꽃이라 부르고

아주 멀리서도
부를 수 있는 그대이기에
별이라고 이름 지어요

더러는 비의 소리 선율처럼
촉촉이 젖어드는
부드런 속삭임에 흔들리면서

파란 하늘 선상 위
그리움으로 덧칠한 소묘
해맑은 미소 띤 얼굴 그대예요

황진이

봉곳이 물오른 봄꽃 우리 황진이
채 피지도 못하고 싸늘하게 진
널 안고 돌참나무 숲으로 향하는 밤

찔레꽃 진한 향기를 머금은 바람
하얀 꽃 상여를 밀고 따라 걷고
소쩍새 슬픈 계면조 가슴 저미게 아려

짧은 인연 기약 없는 슬픈 이별에
화엄사 5층 석탑 아래 연등 걸고
극락환생 염원한 딸로 만나잔 황진이

하냥 달을 품고 한대 잠으로 주인 지킨 너
환영인 양 연못에 뜨는 달이 만월
달빛에 중동을 세운 붓꽃이 획을 긋는다

거미

격자무늬 들창으로 들어오는
허공에 길을 닦으며
그물을 펼치고 있는 거미 한 마리

행여 끊길지 모를 줄 엮느라
얽히고설킨 줄을 풀어내랴
익숙한 손길이 출항 전 어부 같다

지난밤 사슴 이름으로 관을 쓴
긴 뿔 사슴벌레 도도히 숲으로 간 뒤
은실로 짠 집이 통째로 뜯겨도

살다가 주저앉은 일 한 번 일까요
동지섣달 긴 긴 밤 물레를 돌리시고
비 오면 베틀에 앉아 베를 짜신

하얀 창호지에 서린 실루엣 어머니
어제인 듯 울리는 베틀노래 들으며
헤진 꿈을 한 땀 한 땀 새로 깁어요

화이트 크리스마스

바람 불면 하얀 목화송이
하늘에 올라
부푼 꽃구름 된다 하시며

산안개 자욱한 산 까끔길
잰걸음으로 오른 목화밭
가을을 가득 담아오신 어머니

긴 삼동 춥고 그리운 밤
손수 지어주신
원앙금침 이부자리 덮고 누우면

금방이라도 왈칵 쏟아질 듯
목화솜 꽃잎 같은 함박눈
화이트 크리스마스 산타로 온 어머니

실버벨 사랑의 종소리 울려 퍼진다

반 더하기 반

혼자서는 아무것도 할 수 없는 내게
운명처럼 반과 반으로 만나
하나의 커다란 지구가 되어준 당신

언제 어디서나 차고 넘치지 않으나
부족함도 없이 누린 행복한 삶
기쁨 두 배 슬픔은 반으로 줄일 수 있었지요

겨우내 실핏줄마저도 찾을 수 없는 언 땅
꽃씨의 기적 이룬 햇살과 바람처럼
죽을 만큼 힘들어도 내 가슴에 기대어

아프지 말아요 항시 당신 위해 기도해요
늘 반은 당신으로 채우도록 비워두고
밤하늘 보름달 행복 빚으며 건강하게 살아요

비가 오는 날엔 전을 지진다

채송화 맨드라미 봉숭아 핀
마당에 비가 물수제비뜬다
수직으로 선 나무와 굴뚝이 젖고
수평으로 누운 빨랫줄에 빗방울 걸린
비가 오는 날엔 전을 지진다

식용유를 두른 후라이팬에
비의 소리 하염없이 쏟아지고
하강 기류를 벗어난 고소한 향기
뒤란이며 장독대 텃밭에 따라다니는
비가 오는 날엔 전을 지진다

돌아서면 금방 그리워지는 사람들
햇살의 고운 미소도 그리고
동글동글한 얼굴도 빚으며
채 발효되지 못한 습한 기운 말리는
비가 오는 날엔 전을 지진다

비에 술이 댕긴다며 굿거리장단에
창가 한 소절 뽑으신 우리 아버지
별을 세던 작고 여린 손으로
채반 위 전을 나눠먹는 유년의 형제들
생밀 같은 웃음소리 진동한다

비가 오는 날엔 젖어 스며든다

담는다는 것

다시금 꺼내어 보고 싶은 그리움이다

앨범 속에 차곡차곡 꽂아둔 사진처럼

소중히 간직하고 싶은 추억이기도 하고

짧은 순간 긴 여운의 감동 가시지 않아

또 접하고 싶은

무엇인가를 기다리는 마음과도 같으며

누군가의 오선지에 담은 콩나물 악보가

부르고 들려주고 싶은 감미로운 선율이 되듯

담는다는 건 더러 나눔의 미학이기도 하다

바람 한 점 없는 날의 잔잔한 호수도

주변 풍경을 담고 물빛 고운 시를 쓴다

지금도 가슴에 담은 그리움과 호숫가를 걷는다

아들에게

사랑한다 아들아
사람 하나 보고 시집와서 낳은
우주를 통틀어도
너 하나보다 못한 귀한 존재

산에서 갓 따온 송이를
살짝 물에 헹궈주는데
각시하고 두 아들 걸린다며 담는
둥지 속 새끼부터 챙기는 아비 새다

미안하다 아들아
못다 이룬 꿈의 갈망
너로 이루려 한 욕심 아니었을까
유소년의 체험과 추억 쌓아주지 못했는데

올곧게 잘 자라줘서 고맙다
아직도 부모 눈엔 솜털 보송한 아기 새
아빠의 멋진 신사다움 닮아가서 좋다
살면서 잘 사는 건 사랑하며 사는 거란다

손편지

봄 햇살로 온 새애기가 보내온 손편지
그림책을 펼쳐보듯
문장을 한 줄 한 줄 읽어 내려가는데

꿈결인 듯 수평선처럼 펼쳐진
노란 유채꽃 밭을 가로질러
두 마리 아기곰을 태운 꼬마기차가 달리고

물빛 고운 강의 평화스런 풍경
화폭에 담고 있는
어디선가 본 듯한 여류 화가를 만나는데

꾹꾹 눌러 쓴 문양마다 꽃향기 피어나고
하냥 맑고 사랑스런 빛의 에너지로
늘 행복 지수를 높게 하는 새애기

들창으로 지는 노을이 번질 즈음
시골 어머닌 풍성한 가을로 저녁을 짓고
도시의 아들 내외 깨 볶는 소리 진동한다

아름다운 부패

누가누가 놓고 그냥 갔을까
깊은 산속 칠부능선 위
잔뜩 구겨진 채 검불로 반쯤 가려진 빈 깡통

연신 바람은 싸리비질을 하고
햇살은 퍼즐을 맞춰
이력을 더듬느라 볼록렌즈로 들여다보는데

시원하게 톡 쏘는 맛의 명성
63빌딩보다 더 높게 물방울이 치솟고
항상 음료 코너 한복판을 독차지 하건만

바닷가 모래밭에 폐선처럼
비스듬히 누워 화려한 생을 내려놓는다
한 줌 흙이 되고 싶어 아름다운 부패를 꿈꾼다

가을의 시

가을바람 사립문 앞에 놓고 간
표지부터 사로잡은 한 권의 시집
색을 입혀 쓴 언어가 절창입니다

언제부턴가 꽃은 지고 꽃받침을
꽃인 양 달고 있는 텅 빈 내 모습
또다시 꽃을 피울 수 있으려나

가지에 걸어놓은 그리움 하나
곱게 물든 단풍잎 느낌표로
가슴에 툭 떨어져 번지는가 하면

봉선화 꽃씨 같은 문장을 따라
비발디의 봄의 소리를 듣고
한여름 별밤 첫눈 올 날 설레임 접하며

들여다보면 볼수록 신비스런 내면
혹여 섣불리 접은 인연 상처는 아닐는지
설익은 한 톨 시어도 읽고 또 읽어요

가을이 가을이 시를 씁니다
물든다는 건 익어가는 것이라며

내의 한 장

동짓달 열이레 날 새벽
바지 안에 포개 입은 내의 한 장
허리까지 치켜올려도 발등에 흐른
오래전 당신이 벗어놓은 허물

만지면 툭 터질 듯한 탄력
매끄런 질감의 봄은 어디 갔을까
여과되지 않는 고단한 삶
굴곡마저 감싸 안느라 해진 속옷

경사와 위사 사이로 지구가 보이고
하루에도 지구를 몇 바퀴 돌며
바삐 날아다녔을 텐데
사랑의 보폭 맞추며 늘 함께인 당신

오늘처럼 수은주 바닥을 치는 날엔
적도의 타오르는 노을 속에 들어
둘이서 다정히 나누었던
따뜻하고 행복한 추억을 더듬어요

천 개의 향나무 숲길을 걸으며

천 개의 향나무 숲길을 걸으며
처음 그대 향기로 설레이고 떨린 순간을
한 그루 나무로 꾹꾹 눌러심으며

천 날이 가고 또 천 날이 오고
천 개의 울창한 숲을 이루고
천 년 그리움의 강이 되어 흐를 줄 몰랐어요

가지를 흔든 바람처럼 스쳐도 여운 깊고
천 번을 접한들 그리움 되는 건 아니지만
수많은 별들에게 그리움 묻으며 맞이한 아침

푸른 숲으로 쏟아지는 햇살이 길을 닦습니다
하나의 길은 천 개의 길로 열려야 하고
천 개의 길은 하나의 길로 통해야 한다며

물빛 고운 시를 읊다

한유경 시집

2021년 11월 26일 초판 1쇄
2021년 11월 29일 발행
지 은 이 : 한유경
펴 낸 이 : 김락호
디자인 편집 : 이은희
기 획 : 시사랑음악사랑
연 락 처 : 1899-1341
홈페이지 주소 : www.poemmusic.net
E-Mail : poemarts@hanmail.net

정가 : 10,000원
ISBN : 979-11-6284-332-1